青春绮梦

蔡曜阳诗集

蔡曜阳——著

作家出版社

（京权）图字 01-2021-6549

图书在版编目（CIP）数据

青春绮梦：蔡曜阳诗集 / 蔡曜阳著 .—北京：作家出版社，
2021.12

ISBN 978-7-5212-1621-9

Ⅰ.①青…　Ⅱ.①蔡…　Ⅲ.①诗集－中国－当代　Ⅳ.① I227

中国版本图书馆 CIP 数据核字（2021）第 242021 号

青春绮梦：蔡曜阳诗集

作　　者：蔡曜阳
责任编辑：杨新月
装帧设计：孙惟静
出版发行：作家出版社有限公司
社　　址：北京农展馆南里 10 号　　　邮　　编：100125
电话传真：86-10-65067186（发行中心及邮购部）
　　　　　86-10-65004079（总编室）
E-mail:zuojia @ zuojia.net.cn
http://www.zuojiachubanshe.com
印　　刷：三河市紫恒印装有限公司
成品尺寸：142×210
字　　数：108 千
印　　张：7.625
版　　次：2021 年 12 月第 1 版
印　　次：2021 年 12 月第 1 次印刷
ISBN 978-7-5212-1621-9
定　　价：38.00 元

青春、明亮，以及热爱

——蔡曜阳诗集《青春绮梦》序

谢　冕

　　打开蔡曜阳的诗集，首先读的是《桑树》：路旁的桑树"俏丽"着田野的风光，它养活了春蚕，春蚕的锦丝织就了绫罗绸缎。这似是少年之作，单纯，明丽，也天真。蔡曜阳的诗很阳光，灿烂、耀眼，如他的名字所昭示的。这个出生于香港的年轻人，他知道自己的根在落马洲向北的那一片望不到边的土地。他热爱香港，也热爱紧紧连接着九龙半岛的山水相连的祖邦。香港给他童年的梦：海边听潮，看"海鸥从远处衔来风帆，奔腾的海潮扑向夕阳边"；海边看帆，想象中帆成了船的翅膀，船成了犁，于是"勇敢地裁波剪浪"。这些梦化成了诗。这些诗使我们认识了诗人。

　　诗乃心声，心声无须矫作，即使平白道出，也会动人。人们都知道"情动于衷，而形于言"的道理，人们不会拒绝情感在诗中的存在，并确认它不可替代的位置。当然，也还有表现力的问题，也还有技巧的问题，这些，对诗而言无疑是重要的，但却并非首要的。构成诗的魅力的，是情感的真挚与真实。读蔡曜阳的诗，可以感受到饱满的情感的抒发，这是诗成为诗的生命点。现在有些人竭力要排除它，他们的诗"无动于衷"，"言不及义"。他们忘乎所以地玩弄小聪明，玩弄小技巧，他们自称是"零抒情"的"码字工"。这些人违背了根本，走得未免太远了！

此刻我们面对的不是那样的诗。我们的诗人写着自己感动，也希望感动他人的诗。他是这样热爱他所面对的一切，家乡、土地、亲人，还有中华悠久的历史文化。他"走在岁月的田埂"，感到了田野深沉的爱："春种秋收，心灵也俏染金黄"，"胼胝衍生的喜悦，要化作万家炊烟"。他热爱耸视维多利亚港湾的尖沙咀钟楼，因为它"镌刻着沧桑的历史，见证着变幻的风云"。还有更重要的，这里生活着自己的亲人。年轻的诗人知道感恩。他用深情的诗句表达这种热爱之情。《写在父亲生日》：父亲脸上的皱纹，是"智慧的溪流"，"是我心中的高山和大河"。还有《写在母亲生日》：

一朵从清水里

挺起的洁莲

从平凡中孕育伟大

从勤奋中砥砺天才

这些热爱多么纯真！城市成长的人，天生地热爱生养自己的土地。他和我们这些生活在内地的人一样，喜欢和怀念江南"霏霏烟雨"中的乌篷船和油纸伞。也和我们一样，喜欢和热爱遥远的蒙古草原上的那一弯新月：它"钩住了我思恋草原的心"，"千古草原多么悲壮，如今草原多么温馨"。诗人远走他方，在遥远的波士顿，他模仿徐志摩当年的诗句："我要轻轻地走了"。异国温馨，但他依然思念属于自己的东方之珠："香港是生我养我的热土，我是热土上的金穗"。一缕乡情，动人心弦。

　　蔡曜阳的诗，清新、明亮，非常的阳光。他的诗句，用词简约，少雕饰，凝练，而多短句，并注重节奏感和音韵的响亮。我曾言，诗是音乐的文体，节奏、音韵，以及分行和断句，构成它可供吟唱的特点。反观当下，口水诗泛滥，冗长、杂乱、纠缠，甚至絮叨。蔡曜阳的许多诗，保持并增强了诗的音乐性，不仅可朗诵，而且可吟唱。《站在大草原》《人在草原身在福》《家国情》等诗，都经作曲家谱曲而得到广泛传播。在这里，诗和歌会合了，他的诗，因音乐而张翅飞翔。

　　我读蔡曜阳，内心由衷地欢喜，欢喜他那种没有修饰的真情。更有一种感动，感动这个出生在南海边上的诗人，他拥有和我们同样的对于中华文化的热情和挚爱。他写郑板桥。他写曹雪芹。他为沈园的爱情悲剧伤怀：一园凄惋，泣血的《钗头凤》；他行走在凤凰古城的青石板小街上，回想文坛前辈的沧桑生涯；他歌颂"举着火把走向太阳"的艾青，感谢他的诗情"奔涌成中国新诗的血液"！

也许有人不会认同我对蔡曜阳诗歌的评价，而我将坚持。我对那些千篇一律的、故作"深奥"的诗已经厌倦。因为他们的诗往往不着边际，而多半与世无涉，也唤不起我们的共鸣。他们喜欢自言自语。那些写着深不可测的诗的人们，也许会无视此刻我所面对的诗，认为这些诗"幼稚""简单"，而我依然喜悦，我认可这种纯净的坚持。我喜欢这种单纯的歌唱，喜欢这种"不成熟"地书写内心真情的"稚嫩"。通过我对蔡曜阳的阅读，我醒悟到：诗人应当始终秉持和坚守诗的特性，遵从内心的召唤，写出既能感动自己同时也能感动他人的真实的和真诚的诗。

2021 年 10 月 20 日
于北京大学

谢冕，福建福州人，文艺评论家、诗人、作家，中国作家协会全国委员会名誉委员，中华诗词研究会名誉会长，首都师范大学诗歌研究中心专职研究员、学术委员，《诗探索》杂志主编。他是"二十世纪文学"理念的支持者和实践者，先后主编了《二十世纪中国文学丛书》（十卷）、《百年中国文学总系》（十一卷）、《中国百年文学经典文库》（十卷）、《百年中国文学经典》（八卷）等，著有《中国现代诗人论》等专著。

目录

3

4

5

第一辑

童心灿烂

童　年

童年稚嫩的面庞

似秋夜圆圆的月

真想与月姐姐亲近

只好踮起脚尖

展开双臂如翼

像那航空模型

梦想飞上蓝天

思　念

告别母校

仍依恋

高低不平的道路

深深浅浅的脚印

两眼挂着

带笑的泪

翻开褪色的

读书报告

又见当年

嬉戏的浪花

重温

师长批语

告别母校

心中仍回响

难忘的钟声

蝶　梦

庄周的逍遥游

藏着一个缱绻的蝶梦

蝶梦有着彩色之翼

翩翩飞翔于万丈红尘

果真有一只蝴蝶

羞涩地微笑无言

飞舞在春天的花香里

飞到了我的窗前

蝶梦不会绝尘而逝

如山之巍峨水之澎湃

穿越岁月的隧道

存活在传说和诗文中

青　春

青春何价？

人生何解？

一串串的问号

叩问春风

风儿拂耳而过

叩问秋月

月儿茫然无语

只有阳光

赤诚地说：

把根扎进土层

把枝叶伸上天空

乞 丐

在走往学校的路上

一个失去双腿的长者

向我伸出

求助的双手

我便忍不住

将自己仅有的五元给了他

心里说

对不起

还不够一个饭盒

1998 年 5 月

桑 树

乡村的路旁

常有青桑

青翠的心灵

俏丽着田野的风光

桑叶养活了春蚕

用春蚕的满腹锦丝

织就了绫罗绸缎

桑叶从诗意中

掬出一串串人间美谈

涟 漪

我把调皮的小石

抛到湖里

打动了她的心

荡漾起

一圈圈涟漪

留下

一个一个

甜笑的梦幻

月 亮

住在天上太闷

干脆跳到河里

光晃晃

洗澡

我关心地问

要不要浴巾

她却害羞地

躲起

雄 鹰

诚以英雄本色

叩问日月星辰

冲破狂风暴雨

都是生命的

旅程

落叶·新叶

每一片

枯黄的落叶

都曾经是

大树灿烂的青春

在落叶

飘坠的青枝上

大树又长出

嫩绿的新叶

自然新陈代谢

刷新着

生命的流程

新　霁

黄昏雷阵雨新霁了

以夕阳的丽彩

在浩旷的天空

铺架一道彩虹

七彩缤纷的绚灿

是雨温柔的留言

燕子破译着多彩的思绪

虫声掬出一串祝福

波光潋滟的河流

唱着歌谣滋润田园

少女短裙下的双腿

如桨拨动着痴迷的目光

一经雨丝拭洗过的大地

飘拂着晶莹剔透的恋情

在花香鸟语中

诗心和美梦不会被打湿

大　海

高兴时

像顽皮的小孩

溅起浪花

跳起舞蹈

愤怒时

是发威的巨龙

卷起

无边狂涛

春

美丽的姑娘

穿上鲜艳的衣裳

把爱

写在花蕾上

绿叶丛生的魅力

在暖风里

播撒着

繁花迷人的

芳香

春，你的到来

让我的生命

昂扬着

青春的力量

花　市

花街宽而长

这边紫又绿

那边甜又香

牡丹开在

爸爸的嘴上

剑兰画在

妈妈的眉上

桃花染在

妹妹的脸颊

康乃馨

开在我的心上

狮子星号

亚洲最大的

邮轮，你

容得下

很多人

却容不下

我的

雄心

2002 年 8 月

邮　轮

庞大身躯

在茫茫无际的

大海上

劈波斩浪

谁明白你

能犁开巨浪

却靠不上岸的

无奈

彩　伞

我爱润绵绵的闽南细雨天

大街小巷绽开了朵朵彩伞

好像芳春争艳的繁花

行走在故乡的风景线

彩伞穿过悠悠的河湾

彩伞走过美丽的天桥

彩伞穿过古城门

彩伞剪破杏花烟

彩伞擎出闽南的美景

彩伞擎出闽南的霁光

一朵朵如花的彩伞

永远绽放在我的心上

石狮柯顺公园

走进故乡

迈进柯顺公园

悠悠的家风

吹我心旷神怡

绿色的山连着

绿的水

晶莹透彻地

辉映着

一颗颗殷殷的

赤子心

和谐成

故乡美丽的微笑

　　2002年圣诞节，于爸妈捐助福建省石狮
市人民政府兴建的占地六十六亩、绿化百分
之九十的石狮柯顺公园

写在妹妹生日

我有一个

小妹妹

如今已有八岁多

可她依然

像童话里的

小公主

红红的脸儿

像苹果

微笑起来

如小仙子

2001 年 4 月 29 日

十二门徒峰

神奇的开普敦

披上美丽传说的

十二门徒峰啊

为耶稣和十二门徒

依依不舍地留下

最后晚餐的盛景

试问

是大自然的奥妙

或是人类想象的

丰富

鸵鸟蛋

以硬朗的外壳

以无奈的沉默

任人踩踏

而你以自我的平衡

继续坦荡地站着

2002 年暑假于南非

云

快乐时

你飘逸着

多姿的身材

舒展缕缕风情

痛苦时

你沉着愁容

有分量地

降落

化为润泽万物的

甘霖

爱　心

一颗雄心

如熊熊篝火

驱赶黑暗

点燃大爱

不管春夏秋冬

把大千万类

都熏陶在

温馨中

雪　花

是什么花

如此纯洁晶莹

何等雪白美丽

任你从脸颊上

滑落

我的目光不停地

驰骋

捕捉这个圣洁的

天使

郊　游

乘着飒爽秋风

踏绿郊野

巨树参天的浓荫下

潺潺溪水伴着

我们的欢笑声

回荡成一首

美妙的

进行曲

缘　分

你说

冷，便给你

温暖

我的心意

是一张无言的画纸

是一份刻骨的情义，

任由你去

感觉

致我师

因为您的睿智

我千里迢迢

来到您的身旁

知识

竟是这么的

亲近

这么的

有趣

旧　屋

人们早已

把你遗忘

唯我昔日

稚嫩的笑影

仍挂于窗棂

那玩具水枪

仍自我的心中

射向阳台

可爱的

小花上

1998 年 8 月 28 日

夜　思

生命

必须洞穿

夜的暗黑

才能迎来

绚丽的黎明

不要让你的

智慧和灵感

在夜的静寂里

让时光留下伤痕

图书馆

放一叶心舟

遨游在

书的海洋

我是

墨香阵阵中

不停追求的

飞鸿

朝　阳

面对苍茫大地

以爱火

点燃

万物的

生机

我感恩你的到来

终要证明

我的位置

垃圾桶

袒开胸襟

容人间余物

酸甜苦涩不拒

喜怒哀乐笑纳

多么想为你

好好洗一个澡

鞋

我是一只船

在道路的河流

竭力颠簸

为争分抢秒的行人

走南闯北

乐　意

我愿在心中

留下一袭

平淡

留下一泓

宁静

乐意像

萤火虫一样

以生命之光

真诚照亮他人

书　架

瘦小身材

承担不断增加的

重量，撑起

学问的海

智慧的山

巨 浪

傲立船头

看滔滔巨浪

惊天慑地卷起

像要吞食江岸

却吞不掉

我少年的

宏愿

2002 年 8 月

录像机

你的体积很小很小

你的世界很大很大

以你的慧眼

捕捉了人生的

百态

1999 年 8 月 28 日

跑步机

我静静地

等待着

与智者握手

和我同步

足不出门

也能跑出

千里路

爸 爸

您的身影

像个问号

自我懂事起

总见您不断地

寻寻觅觅

不倦地求索

不懈地耕耘

默默地营造绿荫

我的爸爸啊

2002 年 8 月 8 日

妈 妈

一朵傲骨的

牡丹

十多年如一日

必定呵护我

含笑进入梦乡

才悄悄地

耕耘您

理想的

绿洲

2002 年 5 月 3 日

大　鹏

展开心翼

冲向蓝天

直上九霄

面对炎夏酷暑

笑傲寒冬腊月

义无反顾地选择

奋飞

孔 子

万世师表啊

千古睿智

您可知道

每天读书写字

父母必要我

以您的仁德

为灯为镜

我默默地想

您是多么的

伟大和神圣啊

2001 年 9 月 28 日

花　香

淡淡幽香

阵阵飘来

不禁

回头张望

到底你是

哪位姑娘

彩墨画

彩墨画

中国的艺术瑰宝

一支画笔

绘出心中向往的美好

深浅艳淡总相宜

亦刚亦柔描状出妖娆

鸟兽虫鱼都栩栩如生

山水花木都形神肖妙

油画水彩各有特色

彩墨画更有自己的门道

让中华民族的传家宝

在我们手上

锻铸得更美更妙

烟　花

不必扎根沃土

也能盛开

最妖艳的花朵

让万众同时

欢呼

你美丽成永恒的

瞬间

人生目标

不要为了

别人的踌躇

而苦苦等待

让时光匆匆

流逝

这是

人生的暮秋

叶落花谢

没有春天的娇柔

确立人生的

奋斗目标

让生命得以沉静

让心灵得以恬淡

以豁达的心胸

才能勇往直前

走向美好的明天

笑迎阳光

书 城

插上求索的翅膀

徜徉在学海港湾

一步步走近科技领域

一次次走进大自然奥秘

我是一只永不言倦的

蜜蜂

小白兔

暑假回乡

公公婆婆家的

那只小白兔

一直在我眼前

蹦蹦跳跳

红红的眼睛

雪白的衣裳

当我喂它

青草红萝卜

它那神奇的目光

令我融化在

大自然的怀抱中

梦娜丽莎

你那永不凋谢的

迷人微笑

感化多少俗人

熏陶多少雅士

光芒照耀

不同的国度

日　记

打开小学的日记

自有一片

眷恋的翠绿

花朵含笑

小草害羞

天真的鸟儿

为我唱着

动听的歌

第二辑
海阔扬帆

飞　翔

行走于缤纷世界

心灵深处

却飞出本真的翅膀

傲对冰雪雷电

笑对凄风苦雨

坚定地奋飞于

天地之间

童年的照片

凝视着这张童年的照片

捕捉着天真无邪的时光

花丛间曼舞的流萤

柳梢上翻飞的紫燕

悠悠吹响的叶笛

汩汩流淌的河流

都隐约成照片的背景

欢乐就在眼角眉梢回旋

照片上的雅兴稚气

留下人生的脚印一大串

似水的年华一去不回返

旧照片激励着我永向前

栉风沐雨不裹足

一步一步走向光辉的明天

桌 湾

依依地挽留着

那桌山的

倩影

年年岁岁

如一面永远令人

遐想的

明镜

好望角

大西洋的冰水

印度洋的暖水

两洋在交界线

冲激出

翻腾蒸汽

遂在此角点上

融为

一线奇观

2002 年暑假于南非好望角

红樱桃

在春天的门口

红樱花盛开一片灿烂

她的爱如野火

点燃热辣辣的夏天

心灵栽种花卉

一朵朵爱情的火焰

风雨不能熄灭它们

在枝头构筑美好的梦想

红樱桃与栽花人

共奏生命的交响乐章

辉映成和谐的经典

恒久地挺秀于民间

割麦的少女

为了追求金色的梦

耕耘播种挥汗如雨

如今挥镰割麦的少女

陶醉在麦穗的醇香里

少女微笑的脸颊

比花朵还要艳丽

舞镰的飒爽英姿

金风也驻足依恋

割麦的少女

掀动我的心河

泛起层层涟漪

弥漫迷人的光波

果　实

满山遍野的花果

不可能都在

耕耘与希望中

变成心中的硕果

那些被风雨打击

被逼坠落的青果

那些丰稔红透

却背乡离井

灵魂不知托寄何方

风云变幻中

望不尽

所有果实的结局

播撒心愿

播下青翠的心愿

种下美丽的理想

用纯真的汗水

母亲般的慈祥阳光

催开花花果果

获取金黄丰收

我的心愿

如一只小小的萤火虫

愿照亮每个孤单的梦

让每一颗孤单的种子

都能萌芽绽绿

茁壮成长

帆

帆的一生

搂住海风

成为船的翅膀

使船成了犁

勇敢地裁波剪浪

帆有时悬在浪尖

有时被抛入波谷

似一枚落叶瑟瑟地颠簸

又如一只海燕穿云钻雾

一旦被折叠起

放于港口的码头

帆仍然怀揣着

一颗奔向蔚蓝的心

爱　恋

始终爱你

是我执着的深衷

因为爱你

我令苦难绽开笑容

滚滚红尘

我们分别太匆匆

万般情意

尽在无眠的思念中

偶　感

我的缄默

像空旷的蓝天

鸟儿以经典的姿态

捭阖自如地飞翔

我思虑的音韵

如飞翔之鸟

经风纬雨的坚毅

没有空灵的阴影

渴 望

渴望美丽的一瞬

成为永恒的风景

落花流水的无奈

不是此刻的心情

渴望生活的伤口

能愈合得天衣无缝

一双灵巧的手

能有一根神话的金针

渴望打开一个季节

繁花铺出无垠的绚丽

梁祝化作的彩蝶

翩翩在恩爱的芬芳里

返璞归真

走进大自然

走近圣贤

风儿为我引路

花朵向我微笑

绿树向我招手

我的心

遂飞成一只雄鹰

向着蓝天

飞去

红　酒

在特别的日子

教我和你相会

我举起你

欣赏你的秀色

而内心总怀着

忐忑不安的感觉

我们初次沟通

还是浅尝辄止吧

求　学

求学的日子很累

求学的日子很美

感悟知识的精髓

学海苦中陶醉

感谢老师

感恩父母

学子凭努力悦恩情

学子靠汗水换丰收

红尘有笑也有泪

有哭有笑不后悔

知识俏染灵魂

知识支撑脊椎

知识壮丽人生

知识添翼腾飞

求学的日子虽很累

求学的日子分外美

书　房

每一本书

都折射着作者的

喜怒哀乐

悲欢离合

蕴含着人生的哲理

我每天必在书房

以勤为梯攀登书山

又像驾一叶心舟

孜孜不倦

在浩瀚的学海扬帆

学素描

你是形象的图画

可视的音乐

回旋的舞蹈

深入浅出的雕刻

纯朴中见真诚

每一幅

都潜现我的心影

早 晨

露珠还依偎在草尖上

生离死别的时刻加剧了眷恋

红霞捧出的一轮旭日

把露珠和草尖燃亮

花朵在视野的腹地开放

敞开了心灵的美丽和温暖

徐徐把薄雾的轻纱撩去

款款倾吐内心慈悲的香甜

终于盼来了一个晴天

莺歌燕语在绿荫里飞旋

我雀跃唱响童年的歌谣

无数花朵为我擎起了火焰

黎　明

启明星淡化在曙光里

绿叶擎着玲珑剔透的露珠

百鸟啼鸣的大合唱

响起了宏清的律吕

如编钟般激越

放射出绚丽夺目的异彩

一个沐浴着圣洁的黎明

在朝晖温情的抚慰下

有了百折不弯的脊骨

有了一尘不染的神情

金色的思绪跌宕起伏

既恢宏又深邃

面对一个艳阳天

流出了激动而感恩的泪水

白头翁

白头翁是一只鸟

一直唱着青春的歌

它的激情像海湖

它的柔情像溪河

扑棱棱飞过绿树

乐悠悠立于枝柯

生命充盈活力

时刻朝气蓬勃

是谁给了它

一个龙钟老态的名字

我叩遍山山水水

山水依然沉默

心灵之网

心灵织出一张大网

在红尘中打捞希望

在仔细审视生活中

常与岁月邂逅或巧合

感谢赤诚相见

彼此握抱一份缘

生命的深刻感动

把悲欢烙进时光

蓦然回首

网里网外

挂着阴晴圆缺

挂着风雨沧桑

山　野

大山茁长的豪气

峡谷放纵的不羁

江河奔腾的激昂

都是大手笔

淋漓写下山野的诗意

美丽的传说漫过祖土

贫瘠的蛮荒开始饶沃

面对熊熊的篝火

刀耕火种留下胎记

深深扎下的根须

长出了茂盛的希冀

山花擎着春色的涨潮

携一种生存的信念

在血色的杜鹃声中

丈量着生活的历程

心　语

无论晴天还是雨季

我的跋涉永不止息

拥有学识就赢得动力

人生不容缠牵呓语

采撷生活中的真谛

编织成征途的朵朵美丽

生命的脚步应该无怨无悔

经山纬水日行千里

送走满天星辰

是为了迎接旭日辉照大地

把苦涩咀嚼成香甜

摒却疲累才能勃发生机

大　地

马儿能跑

不会去学飞

鸟儿能飞

用不着去跑

马儿奔跑一生

鸟儿飞翔一辈子

最后归于大地

人能走也会跑会跳

甚至能飞

最终归于大地

大千世界

五花八门

所有生命表演后

也定归于大地

万物的生生死死

只有大地宽阔的

胸怀才能包容

俊美的标准

每个人的脑海

都会有一台天平

衡量英俊的标准

有人重视外在俊美

也有人器重内在善美

假如有人叩问我

我必直率地回答

我的准则是

兼备内外的

善美与俊美

支撑着一种

潇洒的气度

海　鸥

海鸥的健翼

是勇敢的白帆

在波峰浪谷中翱翔

亲近大海，展显了绚灿

海鸥似一道闪电

从风雨中穿过

拎起大海的孤独

像羽毛一样飘落

海鸥飞处彩云飞

蓝天碧海梦相随

万顷绿波之上

海鸥快乐地飞翔

自由地呼喊

扇着我的梦想

微笑的梅花

雪上的梅花开了

绽出了岁序深处的艳丽

面对漫天风雪

她微笑着

听到了春天的脚步声

她微笑着

看到了繁花的争妍身影

她微笑着

这是一朵灵魂之花

微笑是她生命的真谛

在逆境的抗争中

在顺境的憧憬中

她都微笑着

微笑是她的本性

微笑是她的美丽

微笑是她的力量

微笑是她的精神

纵使她凋谢了

她的微笑永不凋谢

清　风

清风从竹林吹出

被竹叶染得绿茵茵

从竹林吹出的清风

清亮如呢喃的燕语

新颖如无尘的秋水

清风从竹林吹出

受益于翠竹的熏陶

清风便有了风骨

清风便有了气节

清风醒悟的思绪

把大千浓缩成一句箴言

清风时而高歌

清风时而轻唱

抚慰着抗争的灵魂

振奋着前进的脚步

牵拽着春天的莅临

铺陈着绿意的丰盈

萤火虫

携着乡思回故乡

抓住惬意的夏夜

拉着妹妹

遐想翩翩捉流萤

一朵朵小萤火

在树丛中穿梭

像一颗颗小星星

在夜霾中忽明忽灭

触摸囊萤的童趣

心底浮起一丝怜悯

很多人就像那萤火

卑微、孤单

提着自己小小的亮光

飘在这个无边的世界

　　注:《萤火虫》被选为 2007 年度第三届
香港作家诗文朗诵比赛诵材。

听　潮

海鸥从远处衔来归帆

奔腾的海潮扑向夕阳边

潮声依旧悦耳

弹拨着伫立绿榕的堤岸

岩石托起独坐的我

一任海风梳理思绪

大海的胸怀和气质

把造化的关爱贮藏

凝视浪花千朵

听取涛声万重

青春的生机活力

在浩博中涨潮

第三辑

飞越千山

遥望香江

波士顿的初春

乍暖还寒

遥望香江生养地

我久久凭栏

眼前仿佛浮现

嫣红姹紫花铺彩

嫩绿黛青树擎荫

千里山川锦簇花团

我多想舒展翅膀

飞回父母的身边

但心有一串冲刺

要满载才始回乡

2006 年于美国波士顿大学校舍

耕　者

鞭犁的耕者

是光明的掌灯人

是稼穑的驾驶人

是垄亩的皈依人

即使劳作疲惫

心情依然飘溢畅悦

岁月笃驻美丽

灵魂绽放芬芳

耕者的崇高

如巍巍岱岳

耕者的感情

如滚滚长江

翻开日历的遐思

翻开一页日历

溢出玫瑰的馨香和美丽

白云悠悠的心绪

绽放在少女的笑靥

种子萌芽的伟力

延伸在绵长的绿意

美酒温暖不了一颗心

人生需要奋进的步履

心境像一片芳草地

初恋醋醉在愉悦里

让我们在岁月中追求

让我们在耕耘中猎取

初　恋

寸寸相思

苦苦等候

终见你翩翩而来

心儿却怦怦乱跳

愿爱慕汇成

涓涓细流的小溪

爱的音符

跳荡在你的面前

头 盔

我的书架上

珍挂着一个

平凡又不平凡

心爱的头盔

纵使它不再随我

驰骋单车赛场

却是我的救命恩人

我赛车时的保护神

漫漫人生路

头盔为我警笛长鸣

弥漫着谆谆诲语

伴我敞胸远行

2006 年 4 月 1 日于美国波士顿大学

撑开亲情伞

昂首凝眸苍穹

一钩新月

钩住了我

思恋草原的心

我与草原

唯一的接合口

是滚滚红尘中

一个专注的眼神

我悠长的心事

在草原中荡漾

拍打着神圣的敖包

拍打着温馨的毡房

让我撑开亲情伞

为草原挡风遮雨

让春光秋色

把草原人的梦染绿

把草原人的情染红

听　海

在海岸上漫步

细听海的心声

海以雄浑的韵律

与你高谈阔论

不是燕语呢喃

不是莺歌婉转

而是惊天动地的交响

海有海魂

潮有潮魄

大海的传奇

在万顷波光中伸展

喜欢听海的人

将有海一样的胸襟

诗 笔

墨香在笔底下燃烧

先点燃时代的火炬

再点燃历史的烛光

毁誉忠奸

是非曲直

青红皂白

正谬对错

为诗笔添油

为诗情加温

无病呻吟不会着火

心怀忧乐闪烁亮光

诗笔应该是火眼金睛

洞明世事

练达人情

月圆时节

今夜独步校园

不禁仰望着长空

只见一轮皎洁的玉盘

娴静地扑进眼帘

月光如水

金风送寒

思家倍感殷切

高悬的明月

好像亲人笑意盈盈的脸

读母亲的《给儿女》

不管风和日丽

还是霜雪交加

迢迢千里之外

异国波士顿

母亲的诗《给儿女》

总教我百读不厌

每次想起母亲

眼前浮现

一位永不言倦

面呈微笑

慈祥劳作的孺子牛

无论成功之时

或者挫折之际

第一个想到的是母亲

我心中的保护神

她给我善良正直

她教我展翅奋飞

思乡梦

万里征鸿

衔来一串锦句

包裹着妹妹清纯心意

更有父母的殷切寄望

拳拳思乡梦

风雨不泯绿茵茵

绿遍天涯海角

绿遍了心坪

几度诗成

依依不尽情

一片沧桑感

思虑万缕总缩萦

2009 年 4 月 29 日于美国波士顿

有　寄

把千缕心事托付云彩

化作甘雨洒润你的心田

走出温馨的家庭

披着一肩风雨冰霜

心中的万种情思

在记忆中雕刻眷念

舒展青春的翅膀

对一泓秋水涌起情澜

在滚滚红尘中

把每一寸光阴都紧抓不放

寻觅一处清幽收藏真情

悉心耕织在沧海桑田

生命在岁月中跋涉

没有过不了的河和山

时　光

时光有情又无情

瞬间即逝

公道对待每个人

孤身在冷清清的校舍

面对叠叠如山的书籍

心在彷徨

"一寸光阴一寸金，

寸金难买寸光阴"

母亲曾把古人的教诲

深深烙进我的心灵

今夜又在我的心头闪亮

一支珍惜时光曲

昂扬地回荡在

我敏锐的耳边

2005年新春佳节于美国波士顿大学

春　溪

溪水搂抱夹岸的翠绿

富有的暖色蕴藏天籁

小船惬意一泊

荡漾莞尔的休憩

清溪欲说还休

不敢去触摸

岸树上春鸟的呢喃

小船一怀喜悦

要与碧漪共话云烟

谁以诱人的笑容

欲逐轻舟起航

静止不是至高境界

追求才是殷红心愿

让桨楫剪破一脉翡翠

去追逐一轮朝阳

走在岁月的田埂

走在岁月的田埂

我不会揠苗助长

对田野深沉的爱

牵挂着我人生的沧桑

春种秋收

心灵也俏染金黄

胼胝衍生的喜悦

要化作万家炊烟

我从来不肯偷闲

就像蜜蜂和蚯蚓一样

稼穑不会辜负汗水

浩大的地德始终无疆

驰骋大草原

心如骏马

驰骋大草原

这是广阔的用武之地

放牧着我美丽的希望

北国南陲一脉相连

心胸装着五千年文明史

灵魂深处

永远烙印着金灿灿的炎黄

草原纷繁花蕾簇妍雄锦

我要在草原力种春光

在滚滚红尘中

不染喧嚣的锈斑

栉风沐雨

不倦行走人生路

献身使命

坚铸岁月的辉煌

枫　叶

经秋的枫叶

为什么这样美丽这样红

枫叶燃血傲寒的秉性

显得如此倔强和从容

虽然不与二月花争妍斗艳

还是要拽出生命的彩虹

飘落大地就沤成泥

为了来年本色更鲜红

枫叶的心灵铸出了火红

要与美好的憧憬紧紧相拥

金风读不懂它的心思

无法走进它香甜的美梦

思念的杏花雨

在你滞留的异地

思念像纷飞的杏花雨

粉红的牵挂飘飘洒洒

欲洒进你的心底

杏花雨携着思念的美丽

经山纬水抵达目的地

只有你会欣赏我的绚灿

从此更不轻言放弃

以一见钟情的纯真

到心心相印和相知

岁月留下年轮的华彩

紧紧拥抱我思念的杏花雨

咏　荷

淡淡的香

幽幽的情

绿盖缤纷托举

粉红色的期盼

像储藏多年的女儿红

香醇四溢把心灵开启

鄙视蜻蜓点水般的爱恋

把厚重的情意烙于记忆

纵使天各一方难有缘分

藕断丝连若离更若即

根在江南根在泥

擎起焰火照亮一方经纬

怀　念

千百次在梦中

驾着白云

飞往草原

醒来时

才知道已经

热泪盈眶

把缠绵的思念

托付北往的风

带到大青山

带到月牙泉

我永远走不出

蒙古袍的牵挂

绿草浪的惦念

人生是沃土

人生是

一畦沃土

把不同的梦想

种进土里

便会盛开

各异的果实

智者

凭天才加勤奋

耕耘美好未来

愚者

浪费光阴

如荒凉的沙漠

回　乡

从香港回到美丽的故乡

脚步踏着锦绣的山川

田园逶迤一道道阡陌

绾着父老乡亲昔日的愁肠

又像一条条华丽的彩链

妆扮着一位待嫁的新娘

父亲铭记的犁耙锄镰

母亲难忘的草垛炊烟

都在时代的变迁中推陈出新

都在汗水的浸染中换了新颜

何处传来一声声唢呐

吹红了闽南姑娘的脸蛋

玉兰花

玉兰花孕蕊时

时而沉寂

乍寒乍暖中

用生命的底气

让花开于翌日

花期短暂

在时光的缝隙

绽放素洁芬馨的

欢畅心情

纵使不久

花瓣被风吹落

演绎一种

回归的坦然

扑入大地的怀抱

不是夭折的匆倏

花开花落

留下枝头的微笑

俏丽了花期

厚重了生命的底蕴

垂　钓

大海经过痛苦的妊娠

分娩出无数遨游的精灵

它们游出一片童心

还有一串串痴情

是谁在堤边垂钓

用香饵诱鱼上钩

果然有贪饵的家伙

被活生生钓进了鱼篓

这些贪食的鱼儿

以生命写下惨痛的教训

即将成为美肴之际

心里是否笼罩着悲郁的阴影

樱　花

自幼喜爱樱花树

站立成

一种妩媚

一种浪漫

花潮如海

璀璨的时节

我的思念

被拉得分外绵长

一朵朵笑靥

藏着无声的歌吟

在清香中缭绕

对樱花的笃诚

信手拈来

蕴入漫天花色

根深柢固

在心中浓缩成精品

永远珍藏

迎 春

明丽的春天

茁长嫩绿新红

像温柔的碧漪

像飞翔的英姿

像多彩的梦乡

我迎迓的势态

坚毅成

执着的眷恋

我坚守的虔诚

凝铸成

侠骨的巍峨

怀恋江南

穿过霏霏烟雨

柔软的桨声

荡出了欸乃的山水绿

荡出了乌篷船的心跳

雨巷的一把油纸伞

撑得出霁天的霓虹吗

伞沿滴下的雨水

遗落了谁家的一首小诗

桃健杏娇柳丝翠

掩不住江南的汩汩秀气

掬一捧江水的柔情

濯亮玲珑小巧的江南

畅游漓江

难忘暑假

全家人兴致勃勃

畅游神往的漓江

百里漓江

百里画廊

仿似一条青罗带

蜿蜒在奇峰间

让我们陶醉于

甲天下的桂林山水

独一无二的自然奇观

2001 年暑假于桂林漓江

人生路上

悠悠人生路

像心灵的彩缰

系着岁月的流逝

系着沧桑的变幻

系着事业的成败

系着命运的荣枯

漫漫人生路上

找回真实的自我

找回思虑的自我

找回忧伤的自我

找回快乐的自我

在人生路上

掌上的老茧

像雪地的梅花

像高崖的松绿

在人生路上

有荆棘的利刺

有荒草的杂芜

有杏花的丹唇

有桃腮的温柔

告别波士顿大学

我要轻轻地走了

眼角却含着惜别的热泪

知识的行囊充实了

也映亮了父母眼窝深深的笑意

胸膛里踊跃着的心

热切地向着东方之珠回归

太平山林翳荡出的绿风

拓展了我的壮志

香港是生养我的热土

我是这热土上的金穗

吮吸了外界的阳光雨露

我会把灵魂锤铸得更高贵

注:《告别波士顿大学》这首新诗入编

129

《大学语文》课本，中国科学技术大学出版社2014年4月第1版。

第四辑

香江风情

尖沙咀钟楼

静夜漫步在码头

昂望钟楼

俯视维港海湾

思绪逐浪高

悠久的钟楼

古朴的脸庞

镌刻着沧桑的历史

见证着变幻的风云

注视着分秒的移动

犹如时光的隧道

让我迈进悠远

怀 旧

怀旧的小花

开在我童年的篱笆上

犹如情窦初开的少女

留着露的吻痕沐着朝阳

一串缤纷的往事

响起天真的脚步声

人生的执着

开始于童年的痴迷

豁达与平和

在回首中精彩

怀旧不是孤独的产物

而是指向前方的手势

校友欢聚

似水流光易逝

心雄不惧风霜侵

雁唳开阔了云天

烟树窈窕了情意

成长减却了春梦

奋搏疏远了筝琴

蓦然回首处

恰同学年少竞风流

同窗情谊厚

一笑一颦贮心头

骋目望前路

高歌猛进步不休

红　叶

一片片红叶披着红装

燃烧着炽热的爱情

风中摇曳如火焰

舞动着艳丽的梦幻

红叶使秋天绵延生动

清寒的日子重新鲜亮

莺歌燕舞和蛙鸣蝉叫

在漫漫红叶中告别金秋

热血浸染了红叶的悲壮

深藏着血性的记忆

红叶不肯褪去色彩

以俏红诠释秋的雄健

秋　韵

芦花滩荡漾着淡雅的秋

多少缠绵悱恻在默默漂流

难解婉约凄美的秋韵

是否点点滴滴袭进你的心头

独倚栏杆把新月望成钩

易逝的年华去悠悠

像枫叶红透了的相思

晶莹在你美丽的明眸

不诉说千年的神话

人生都有离合喜忧

江南多情的箫声

能否吹开你紧皱的眉头

致舞者

掠过森林

漫过碧波

在平滑的湖面转旋

曳着我的心绪

一双玫瑰红的舞鞋

行云流水的舞步

张扬生命的活力

明眸涌动爱的潮水

梨涡飘溢情的幽香

幻影的灯光追逐着红颜

闪烁着摄人的魅力

仿佛飘进了天鹅湖

堕入童话的世界

星 夜

寂寂的寒夜

伫立校舍窗口

仰望深邃的长空

两颗闪烁的星星

犹如母亲慈爱的目光

在遥遥地关注着我

星星啊，星星

你明亮我的心境

洗涤我的忧思

恰似母亲鼓励的眸光

激发着我不断求索

勇攀高峰

中秋夜

今夜，我手提灯笼

妈妈携着我走

一路倾吐着

她童年缤纷的梦

明月高高地挂在天空

妈妈指着说

那是她自幼的心事

我恳求妈妈

悄悄地告诉我

妈妈把甜甜的月饼

轻轻地放进我嘴里

温柔地告诉我

她只想把心中

慈悲的仁爱

殷殷地分享给

普天之下的人

注:《中秋夜》被选为 2007 年度第三届
香港作家诗文朗诵比赛诵材。

感 恩

凤飞彩云追

雁叫鸟相随

临别香江

难忘父母双亲

絮絮的叮咛

一遍遍，一幕幕

犹如早春的光辉

摇进我的梦乡

弥漫着香甜温馨

令我神往心醉

是非分明

对耕牛无比景仰

对蜜蜂无比关爱

对每叶绿意无比珍惜

对每缕花香无比敬重

大千善美的点点滴滴

都在我的心灵繁衍诗句

窝藏着蛀树的害虫

披着彩衣蓄毒的罂粟花

偷鸡的黄鼠狼

残害人类的病毒

大千所有的戾虐

我都要把它们消灭干净

是非分明

爱和恨交织在心底

不因缺乏理智

错伤良民

宽容坏东西

游南莲园池

清清小瀑流

悠悠淌流水

和鸣禅歌

田田荷叶

擎起莲的清芬

池中锦鲤

绕荷游弋

双双炳焕着

一池娉婷

挺拔的罗汉松

仰止青霄

梢上云霞

始终娴静

水车旋溅雨雾

奇石敞开斑斓

富贵竹编织奇景

绿草坡摊铺心灵

畅游闹市清净处

栉沐出一片好心境

日记本

一本厚厚的日记本

锁着自己缠绵的心事

一种不褪色

悠悠的情绪

翻开发黄的记述

千丝万缕的幽幽衷语

在阅读的回眸中

用心触摸

旧情今意

缩绕于字里行间

氤氲着重新拾起的

侠骨柔肠

生命在日记中走过

岁月在日记中绵延

九龙公园

九龙公园的绿

常把漫步的我深深陶醉

看一眼青幽幽的山

看一眼碧澄澄的水

顿觉心怀坦荡

顿时开颜展眉

绿是生命的原色

绿陶冶出大自然的高贵

让我们多种树林

让我们多栽花卉

把环境文化的膏腴

升华成馈赠天地的欣慰

梦

推开梦的窗扉

放飞追寻的目光

循着希望的指引

走向美好的远方

醒来之后

斑斓的梦境

仍站着许多

憧憬和向往

把梦搁置一旁

怀揣心中的至爱

践实生活的点点滴滴

义无反顾地勇往直前

汗血与泪水

汗血与泪水

不再清莹明净

而是有色彩和味道

汗的咸

演绎着辛劳

泪的涩

演绎着哀怨

血的腥

演绎着悲壮

汗血与泪水

并没有

忽视水的纯净

而是三者

都承载着各自的情绪

更蕴含着一种思想

土　地

我以土地的

沉默

来面对

世间的纷争

我以土地的

执着

来繁衍

大千的丰盈

土地

有仁者的品性

有英雄的本色

2021 年 6 月 30 日

写在父亲生日

父亲的白发

蕴藏着他生命的本色

在淡泊的岁月中

辉映着纯洁的心灵

父亲脸上的皱纹

是智慧的溪流

流着他创业守成的思虑

流着儿女的仰慕和欢乐

父亲是我心中的高山

父亲是我心中的大河

我心中矗立着父亲

父亲的心中更装着我

写在母亲生日

母亲不善装扮

她的美远超红粉佳人

一朵从清水里

挺起的洁莲

从平凡中孕育伟大

从勤奋中砥砺天才

母亲本色是诗人

她的诗韵响遍中外

她心中装着豪情

她心中装着大爱

一双纤柔的手

把诗旆高高举起

生活的佐料

如果把生活

看成一锅汤

一旦放进了

慵懒的佐料

便成了

一碗一碗

酸涩涩的

日子

生活放进了

汗水

便能熬成

滋补灵魂

香喷喷的

年华

心灵的清泉

纵使有更多的

泪水

也洗不掉

失败留下的伤口

那殷红的血迹

只有

重新站立起来

从心灵流出

振作的清泉

才能愈合伤口

继续在

人生路上

昂首阔步

给孤独者

孤独

是一扇关着的门

在门的外面

有一个

精彩的世界

不要坚守

门里的寂寞

无言陪伴

苍白的忧烦

坦然走出门外

门外自有

春天的阳光

落　叶

一片片落叶

在秋风中

飘舞成

枯黄的时光

落叶悠悠

扑入大地的柔怀

化作滋润根的养分

寻求着

长成翠绿的新我

咏 春

春天迈着轻盈的脚步

从太平山的绿翳中走来

从城门河的波光中走来

从维湾的雪浪中走来

从万紫千红的花丛中走来

走到大千的每一个角落

春天是一个给予者

携来了和煦的春风

带来了温润的春雨

带来了郁郁葱葱的生机

春天，请你不要走

北国的残雪正在消融

江北的绿意尚未浓妍

正在盼望着你的抵达

心中的春梦不会了无痕

心中的春色不会匆褪去

只要有一颗年轻的心

春天就会长驻永在

高山松

在严寒之晨

仰望你高尚的风格

傲立天地间的

一派雄姿劲态

拳拳我心

刻内心的谦卑

在你永蕴坚毅的

笑傲沧桑的年轮上

枫叶赞

一片片枫叶

裹着浪漫的韶华

犹如一只只金蝴蝶

在秋风中翩翩起舞

一颗颗火红的心

抓住美丽的瞬间

即使风雨一生

也要活出精彩

灿烂人间

面对凛冽西风

你毫无悬念

坦然扑向大地

教一腔热血

凄美成一道

生命极致的壮观

品味荔枝

一粒荔枝一把火

听惯了的俗语

依然闪烁着人文的光芒

雪肌晶莹剔透

味道清香怡人

有缘馋煞杨贵妃

更始终让世人

三尺垂涎

我渴慕的荔枝

在心目中放射出

生活的甘馨

阅读古典

窗外月色明丽

饮一口清茶洗濯愁绪

悠悠走进唐诗宋词

读出情趣读出飘逸

车辚辚马萧萧的咸阳桥

生离死别在顿足牵衣

朱门酒肉臭的时刻

冻死骨嶙峋在路陌

铜雀虽无锁二乔

赤壁的大火烧掉多少仁义

回眸一笑生百媚的美人

在渔阳鼙鼓中走向终极

把百姓的种种苦难

种进自己的心底

古与今

秦时的明月

照过汉时的关隘

唐诗宋词的神髓

渗入了元曲的韵律

古老的源头在诉说

猎猎天风在呼唤

无古不成今

继往开来是一种路碑

古典与时尚的交融

在诗人的笔下奔驰

奇崛成一种风骨

雄浑成万般美丽

面对泰山

面对陡峻的泰山

我的心潮在汹涌

再不唱忧伤的歌谣

葱郁的情思长成劲松

在泰山的崔嵬面前

只有挺拔的崇高

只有不懈的攀登

只有燃烧的激情

只有坚定的信念

旭日从泰山的峰巅升起

金光照耀大地

置身于高天厚土

我们在完美着坚毅

山　峰

高高凸起筋骨和肌肉

绵亘在岁月的版图上

群峰并肩携手的凝铸

奇崛起人间一种高峻

层层叠叠的林翳

千波万折地汹涌

翠绿金黄的光影

澎湃摄魄的涛声

岁岁欲抵达心愿

饱经风雨又阅读沧桑

悬崖峭壁的壮丽

嶙峋着绝代风华

雍容华贵的内蕴

令人生畏的尊严

在攀登者的心中

写下一首大气的鸿章

第五辑

家国情怀

故乡的山

故乡的山

彩云缭绕

父亲留下的脚印

弥漫着山花的俊俏

父亲的乳名

挂在哪一棵树梢

他喊一声，加快心跳

他喊两声，泪流满面

父亲与故乡的山

始终在我眼中塑铸崇高

如今回到故乡的山

我吟咏着每一株小草

我品读着每一棵大树

古　榕

故乡村口的古榕

生机勃勃一片绿葱茏

穿越岁月密密的年轮

旺盛的生命力坚拒龙钟

多条垂根着地深深扎

繁衍着宗支的足踪

勇毅顽强的本性

在闽南还要抗击台风

我爱故乡的古榕

遒劲的榕根仿佛扎进心中

我要吮吸古榕的活力

扎下了根便要撑起一片天空

夜 雨

夜雨潇潇

河水新涨

可没有淋湿我的思念

燕翼巧剪柳丝的闽南

也有夜雨敲打着绿芭蕉

夜雨延伸着心灵的触须

难忘暑假在外婆家里

倾听檐水滴答石板的童年

今夜没有月光

平平仄仄的幽思如泉

李白笔下的乡愁

无法跨越床前的栅栏

故乡祖屋

故乡的百年祖屋

墙垣已经衰老

唯独盛情不改

稗史蓬勃生长

持出一坛老酒

拿出一壶香茶

笑意摇出灵性

凝重成严谨的命题

屋后弯弯的山道

让游子驮着牵挂上路

祖屋是一个不解情结

在岁月中年轻

感悟闽南

乘车回闽南

环视两旁

层层梯田叠入云

稻浪滚滚

和风起处

拍向天际

竹林滴翠

传递青春气息

走进闽南

夕阳下

炊烟袅袅处

升腾着丰收的喜悦

让我神游于

万家灯火的

美妙画卷

诗意青海湖

思绪在时光隧道中潜行

目光却与一碧潋滟相遇

这是寻胜千年难得的梦境

心灵倏然澎湃着美好的希冀

青海湖滔滔汇入我的心海

岁月沧桑亮丽着解读的旗语

束发的先民不再湖上捕鱼

独木舟仍荡漾着今人的眸漪

一路汩汩曼吟的活水源头

流来满湖铺天盖地的诗意

摒弃孤独与历史邂逅的机缘

青海文化横斜出浩渺的壮举

湖水会留下一个惊鸿的照影

我们有幸在金秋共挹欣喜

故乡茶

一个精致的紫砂茶杯

妹妹亲手送给我

亭亭玉立在

我宿舍的书桌上

每天必定要泡一杯

父母为我携来

故乡的铁观音

一缕缕的茶香

清爽又甘饴

弥漫着

温馨的亲情

2006 年 4 月 29 日

绿豆饼

一盒绿豆饼

从闽南经香港

带到美国波士顿

紧紧包裹着

一份殷殷的爱心

一片浓浓的亲情

今夜独坐秋风

小心捧起一个

慢慢品味

细细咀嚼

点点滴滴的香甜

丝丝缕缕的乡愁

2006 年新春于美国波士顿大学

乡　思

诗意的灯光下

最可随意打开记忆的闸门

儿时的花荫竹马

依然驮载着无邪的天真

柳梢头的一钩新月

依然照着追赶流萤的身影

古人西窗的烛光

共剪出多少思念的秋雨

新涨的巴山秋池

涨起了多少归期的错失

今夜天高云淡

露珠打湿了我的乡思

远在千里的故乡

一草一木将在我的梦里徜徉

2008 年于美国波士顿大学校舍

江南烟雨

在江南水乡

蒙蒙烟雨

常朦胧了她的脸庞

一朵雨巷的丁香

飘洒着昔日的忧伤

烟雨浇沃出盎然春色

春色秀丽了江南

悠长的石板路

曾走出风流才子

曾走出绝代佳人

水做的江南

烟雨装扮了水乡

小桥下的流水

送走了多少乌篷船

黄浦江

滔滔黄浦江水

日夜不息地入海

今昔上海滩的倒影

在江水的奔流中烙下记忆

黄浦江像一位哲人

默默阅读沧桑

十里洋场的悲怆

睡眼惺忪的夜生活

纸醉金迷的不夜天

千层波涛都记在心间

如今诗意的营造与酝酿

黄浦江旧貌换了新颜

豪华游轮的汽笛

牵拽着人们的激情

2007 年暑假于上海

沈　园

芳草荷花丹桂

逐不出一园凄惋

泣血的《钗头凤》

理不清一怀愁绪

伤心桥下的春波依旧绿

照影的惊鸿一去不复来

悲情的沈园依然在

沈园的悲情永难改

悲情是沈园难解的结

死死绾住一个制度的罪孽

沈园不是爱情的长生殿

男女主角没有营造化蝶的奇观

2006 年暑假

洞庭湖滨偶想

八百里洞庭湖

涵容不了一颗文心

先忧后乐的箴言

成了岳阳楼的千古奇观

古朴的七层古塔

梳理着灵动的风

激动的洞庭湖波

诉说着沧桑的变迁

历史不容欺骗与虚伪

岁月出奇制胜战胜邪恶

只有真理能站立高处

俯瞰跳梁小丑的覆亡

沈从文故居

飞抵湘西凤凰古镇

沿着青石板小街

走进沈从文故居

翻阅一本人生大书

书房还在

文房四宝和书籍

仍弥漫着主人的指温

天井还在

依旧响着主人童年的笑声

水井和鱼缸

映涵着空旷的蓝天

沈从文仿佛坐在木椅上

在凝望中追寻

生活的真谛

沧桑的风雨

2008 年暑假

艾　青

大堰河是你的保姆

你是大堰河的儿子

沉雄浑朴的椽笔

把油画感糅进诗核里

在复活的土地上

举着火把走向太阳

把黎明的通知

在海岬上

谱成光明的颂歌

深沉与奔放

雄伟与细腻

抒情与哲理

朴实与绮丽

融为一体

奔涌成中国新诗的血液

坎坷的命途

造就了"悲哀的诗人"

铮铮铁骨

在磨难中铸成

因为对邦国爱得深沉

眼里总含着热泪

郑板桥

辞了官的郑板桥

心里非常泰然

从七品芝麻官

成了一介布衣

又回到民间和乡野

把黎庶的忧乐移入宣纸

删繁就简和标新立异

一像三秋树一像二月花

把竹的劲节和虚心

生动为艺术珍品

难得糊涂却清醒

枝枝叶叶总关情

曹雪芹

在京陵的香山脚下

你借红楼做一个清醒的梦

管窥社会的缩影

在纸上绽放万紫千红

将女娲遗下的石头

匠心独运雕出了玲珑

演绎一场场风花雪月

泼出一行行笔酣墨浓

金陵十二钗的爱恨情仇

你的灵魂漫步于其中

梳理出一个个铭心的细节

托起文学的丰碑和彩虹

穆桂英

擅长骑射

智勇双全

穆柯寨的一枝花

自招杨宗保为夫婿

成了杨家的悍将

跃马披甲抗辽兵

力战大破天门阵

赫赫神威闻遐迩

飒爽英姿俏风情

佘太君百岁挂帅勇征西

率领十二寡妇志不移

年过五十的穆桂英

仍任先锋入险地

一鼓作气力退敌

社稷险化夷

一代女英雄

功弥一部《杨家将》

墨香溅出巾帼胆

操戈驰骋壮史书

瑶族长鼓

瑶山瑶族的长鼓

敲出了诱人的传说

踏歌的一双双赤脚

踩出了披荆斩棘的路

被紧箍着的长鼓

展现出阔肩细腰的潇洒

咚咚鼓点放飞了梦想

不再固守一方狭隘

瑶家男女的爱情

在鼓声中婀娜

周庄古韵

轻舟飘飘

碧漪滢滢

柔柔柳丝拂脸

如少女柔润的纤手

春之周庄

水澄澈

树葱茏

把水乡出脱得

臻善臻美

我悠然陶醉在

古镇的古色古香中

第六辑

大地放歌

我爱草原

我爱草原情绵绵

情比江水还要长

梦中骑骏马

醒来笑得梨涡圆

千层草浪心上荡

马头琴声绕耳边

我爱草原今更美

成为塞外好江南

离开草原想草原

思念比路更悠长

牧草染绿梦

醒来笑意上眉端

长调短调心中唱

奶茶依旧嘴上香

多少相思多少爱

织成祝福寄草原

草原情

草原的绿浪更加澎湃

牧人的胸襟宽如大海

骑着骏马驰骋空阔

齐心创造崭新的时代

朝阳照耀着幸福的生活

人人为草原付出大爱

草原的鲜花含露盛开

浓郁的芬芳沁入心怀

美丽憧憬迎春嫩绿

齐心创造美好的未来

汗水滋润着纯真的爱情

人人为草原付出大爱

草原的天空分外蔚蓝

草原的风物分外可爱

顶天立地的草原人

为草原铺上锦绣的丽彩

闽南春色

又是和煦的暖春

繁花争艳，绿草如茵

我思念俏灵灵的闽南

春歌春犁忙耕耘

少女的笑意风情万种

小伙的汗水色彩缤纷

又是美丽的芳春

蝶舞花丛，燕裁绿云

我思念翠悠悠的闽南

春日春光忙耕耘

故土的春色浓如美酒

锦绣的田园艳如彩裙

啊！春风春雨春雷动

新绿俏红如彩霞卿云

春种一粒粟

秋收万斗福缤纷

故乡谣

一犁春雨润出遍地花香

万里春风抚摸田畴绿浪

巧手绘就千顷春色

蛙鼓敲出溪泉欢唱

啊！我心中的故乡

你垦播着绿油油的希望

在我的心灵深处

你是一卷美丽的诗篇

饱满稻穗溢出金色阳光

老幼笑脸飞溅甘甜欢畅

妙手磨亮张张银镰

欢歌唱出丰收景象

啊！我壮丽的故乡

你收获着金灿灿的理想

在我心灵深处

你是一首壮丽的乐章

人在草原身在福

万里草原多么古老

万里草原多么年轻

天苍苍的古歌唱了多少代

至今还激荡着我们的心灵

人在草原，身在福中

新牧歌唱出了好心情

千古草原多么悲壮

如今草原多么温馨

地茫茫的古歌唱出新时尚

声声都碰撞着我们的心灵

人在草原，身在福中

新生活铺出了好前程

　　注:《人在草原身在福》由著名作曲家
魏光作曲，在 2011 年 8 月 7 日于内蒙古呼和浩特市内蒙古大学艺术学院音乐厅举行的"蔡丽双杯草原颂"内蒙古风情全球歌词大奖赛颁奖典礼上,由汪义生博士声情并茂地演绎。

套马赞

策马挥动套马杆

高原汉子真刚强

左挡右截紧紧把马追

套绳如神圈

套住烈马勇毅彰

烈马温驯凭由牵

蒙族儿郎真剽悍

喝彩声中有颗芳心动

情歌意绵绵

终于并马艳春光

站在大草原

站在辽阔的大草原

思绪随着牧笛在飞翔

一方水土养育了蒙古民族

遍地的牛羊肥壮着美丽的希望

牧民热爱草原的情意

好像繁花盛开斗艳又争妍

站在苍莽的大草原

歌声随着牧鞭在飞扬

草原灵气孕育了英雄好汉

奔驰的骏马驮载着美丽的向往

牧民亲吻草原的笑意

情在心中缭绕山高又水长

　　注:《站在大草原》由著名作曲家魏光作

曲，在 2016 年 8 月 15 日于内蒙古呼和浩特金仕顿大酒店举行的"蔡丽双杯草原情"全球华文内蒙古风情"清丽双臻"填词大奖赛颁奖典礼上，由男高音丁汉表声情并茂地演唱。

郊游乐趣多

伴着嫣红的花

伴着翠绿的草

走过河堤，走过小桥

数不清的游鱼

听不厌的啼鸟

清新的原野多窈窕

我们的青春多美好

郊游乐趣多

花香鸟语舒笑上眉梢

追着欢唱的泉

追着翩跹的蝶

走过田野，走过山道

读不尽的柳媚

品不完的花娇

春天的原野多美妙

我们的歌声随风飘

郊游乐趣多

明山秀水美景任逍遥

前事难忘

悠悠前事实难忘

翻开史页我心寒

腥风血雨扬子上

伏尸断头紫金山

悲惨的南京大屠杀

铁证如山，欲盖弥彰

风雨沧桑多少年

惨案依旧记心间

中国领土钓鱼岛

日本屡次谋霸占

神圣的主权岂能让

中国人民，正义凛然

路　灯

纵使没有月光星光

路灯都亮在漆黑的夜间

始终恪守着自己的职责

用光明书写奉献的篇章

在路灯下行走的人

心河无不涌起感激的波澜

无论寒冬还是炎夏

路灯都点燃明丽的灯光

夜夜恪守着自己的职责

用热血书写奉献的篇章

在路灯下行走的人

口中无不称赞路灯的高尚

路灯奉献的精神

如日月亮丽我们的思想

路灯的美好形象

永远矗立在人间

在春风里

和煦春风，春风和煦

春风吹拂着神州大地

春风吹得花儿红

春风吹得草儿绿

和煦的春风

温润的春风

增添了青春的活力

在阳光下，在春风里

我的生命洋溢着朝气

和煦春风，春风和煦

春风吹进了我的心里

春风吹得千山翠

春风吹得万水碧

和煦的春风

温润的春风

增添了万物的生机

在雨露中，在春风里

我的心海澎湃着希冀

我们的希望

我们的希望不在世外

我们的希望装在心怀

我们的希望并非幻梦

我们的希望在奋搏声中绽放

我们的希望花团锦簇

我们的希望流光溢彩

我们的希望并非幻想

我们的希望在奋搏声中绽放

我们走在充满希望的路上

脚步铿锵气概豪迈

我们走在通向美好的路上

我们的青春更精彩

海泳谣

彩云在蓝天飞翔

和风畅拂沙滩

雪浪朵朵开怀笑

泳衣如花斗斑斓

我们畅怀在海泳

青春的英姿在裁波闪亮

夕阳在俏染大海

雪鸥剪破霞光

笑语欢声交织处

龙腾凤舞乐翩跹

我们敢于击风浪

青春的风采在焕发光芒

小河流水

小河流水哗啦啦

浇灌花木，浇灌庄稼

丰稔两岸田园

吻甜万户千家

匆匆流着风韵

悠悠流着牵挂

小河是一支彩笔

要把大地描得如诗如画

小河流来富庶

小河流着童话

小河润绽我们的心花

小河流水哗啦啦

揽入蓝天，抱拥彩霞

流过沧桑风雨

流过春秋冬夏

一路轻吟曼唱

一路激扬潇洒

小河是一首欢歌

由衷婉丽礼赞锦绣中华

小河流来幸福

小河流来文化

小河润绽我们的心花

唱闽南

闽南风物秀

姹紫嫣红香气稠

春风生绿浪

秋色铺锦绣

荷塘月色堤上柳

目不暇给看不够

闽南山川秀

峰峦叠翠碧水流

万泉玉溅韵

千坡果盈眸

家家户户笑声飞

鼠标点拨绘宏猷

闽南处处钟灵毓秀

闽南处处美不胜收

闽南好儿女

峥嵘岁月展风流

一曲高歌唱闽南

闽南永远在心头

梦江南

梦里驾着乌篷船

意切切回到了江南

春风吹绿杨柳岸

桃花杏蕊斗艳争芳

梦里驾着乌篷船

情悠悠回到了江南

烟雨楼台荷塘月

一壶龙井香飘四方

梦回江南

江南是故乡

乡情乡思万里长

远离江南山重又水复

江南日日夜夜心中藏

注:《梦江南》由林振国作曲，在 2012 年 1 月 17 日于香港理工大学蒋震剧院举行的亚洲国际声乐节香港原创歌曲暨中外经典歌曲迎春演唱会上，由林振国、韩艳真情演唱。

太平山望海

太平山上望大海

大潮卷起浪万排

身旁锦鸟自由啼

脚下繁花娉婷开

香江迎来了升平世

海浪埋掉昔日的悲哀

一轮红日冉冉升

照亮我们的心怀

太平山上望大海

五洲巨轮破浪来

香江是个大都会

经济繁荣多姿彩

港人奋发齐图强

华灯辉煌今朝的气派

心歌衷曲纵情唱

225

英风豪气壮心怀

注:《太平山望海》由中央歌剧院一级
演员张英泉作曲,在 2016 年 1 月 18 日于香
港大会堂音乐厅举行的"放歌香江 2016"演
唱会上,由著名青年女高音王芳声情并茂地
演唱。

香港警察

维护香港的稳定

滋润市民的幸福

投入时代的潮流

裁波剪浪做船橹

扑灭罪恶，弘扬正义

栽种春光，牵来日出

爱国爱港爱人民

神圣使命永肩负

维护香港的安全

守护市民的门户

誓做智勇的卫士

日日夜夜保热土

唱起壮歌，勇往直前

精益求精，完成警务

爱国爱港爱市民

锦绣香港好前途

警徽庄严，熠熠生辉

再接再厉去实现抱负

坦对艰难，无私奉献

安宁香港展宏图

家国情

辉映日月的家国情

是炎黄血脉涌出的心歌

歌里有《木兰辞》的风采

歌里有《满江红》的气魄

文明一脉贯古今

处处盛开礼义的花朵

一曲中华魂，一曲兴邦梦

我们唱得如痴如醉热情似火

拳拳的家国情怀

永远回响民族团结的欢乐

光耀天地的家国情

是华夏儿女心灵的壮歌

歌里有寸草心的忠义

歌里有永相传的薪火

雄韬伟略终崛起

年年盛开富强的花朵

一阕《祖国颂》，一阕《红梅赞》

我们唱得满腔热血气壮山河

悠悠的家国情怀

永远激荡廉风正气的磅礴

注：《家国情》由国家首批一级作曲家陶思耀作曲，在 2021 年 6 月 30 日于香港红磡体育馆举行的"百年风华"香港各界青年庆祝中国共产党成立 100 周年暨香港特区成立 24 周年文艺晚会上，由香港著名青年男高音陈瑜声情并茂地演唱。

奋飞之歌

辽阔的天空，彩云之上

美丽的期盼在飞翔

一双强健的翅膀

经风斗雨，勇往直前

飞过滔滔长江浪

飞过莽莽昆仑山

奋飞，奋飞，展翅奋飞

深深感恩生养我的家邦

奋飞，奋飞，展翅奋飞

一路播撒五彩缤纷的春光

蔚蓝的天空，彩云之上

热切的期望在飞翔

一双强劲的翅膀

裁云剪雾，拽出阳光

飞过悠悠城门河

飞过巍巍太平山

奋飞，奋飞，展翅奋飞

深深感恩生养我的香江

奋飞，奋飞，展翅奋飞

勇毅飞向光辉灿烂的明天

　　注：《奋飞之歌》于 2014 年被选为第六十六届香港学校朗诵节诵材，并由中央歌剧院一级演员张英泉作曲，在 2016 年 1 月 18 日于香港大会堂音乐厅举行的"放歌香江 2016"演唱会上，由蔡丽双博士艺术团的六十位团员激情澎湃地大合唱。